과연 몇 페이지에서 나타날까요?

☆ 아직 확인되지 않아 정확한 건 말할 수 없지만,

① 두 군데 나오는 것 같다.

② 나선형 계단이 있는 페이지

③ 이야기의 가장 마지막 부분

세 가지의 힌트가 발표되었습니다.
이 힌트를 참고해서 빨리 찾아 주세요.

◎ **엄마 유령이 나오는 페이지를 찾은 친구들에게**

엄마 유령이 확실하게 보이지 않는 경우가
있습니다. 그럴 때는 형광등 같은 불빛 아래에서
1분 정도 빛을 쬐고 난 후에 방을 어둡게 하세요.
어때요, 이제 보이죠?

자,
이제
여러분
눈으로
직접
확인해
보세요!

조로리 엄마가 전하는 한 말씀

여러분을
무섭게 하려고
나타나는 게
아니에요.
조로리가
걱정되어서
그러는 거니까
혹시 내가
나타나더라도
안심하세요.

조로리 팬인
여러분도 나한테는
귀여운 자식이나
마찬가지예요.
기분 나쁜 일이 있거나
고민이 많은 날은 내가
나오는 페이지를 펼쳐
놓고 잠을 자도록 해요.
나쁜 꿈을 꾸지 않도록
내가 곁에서 잘
지켜 줄게요.

⑲ 마법의 왕국

하라 유타카 글·그림

이 이야기는 자신의 성을 손에 넣으려는
큰 꿈을 절대 포기하지 않고
공주님을 구한 용감한 조로리 일행의
모험 이야기이다.

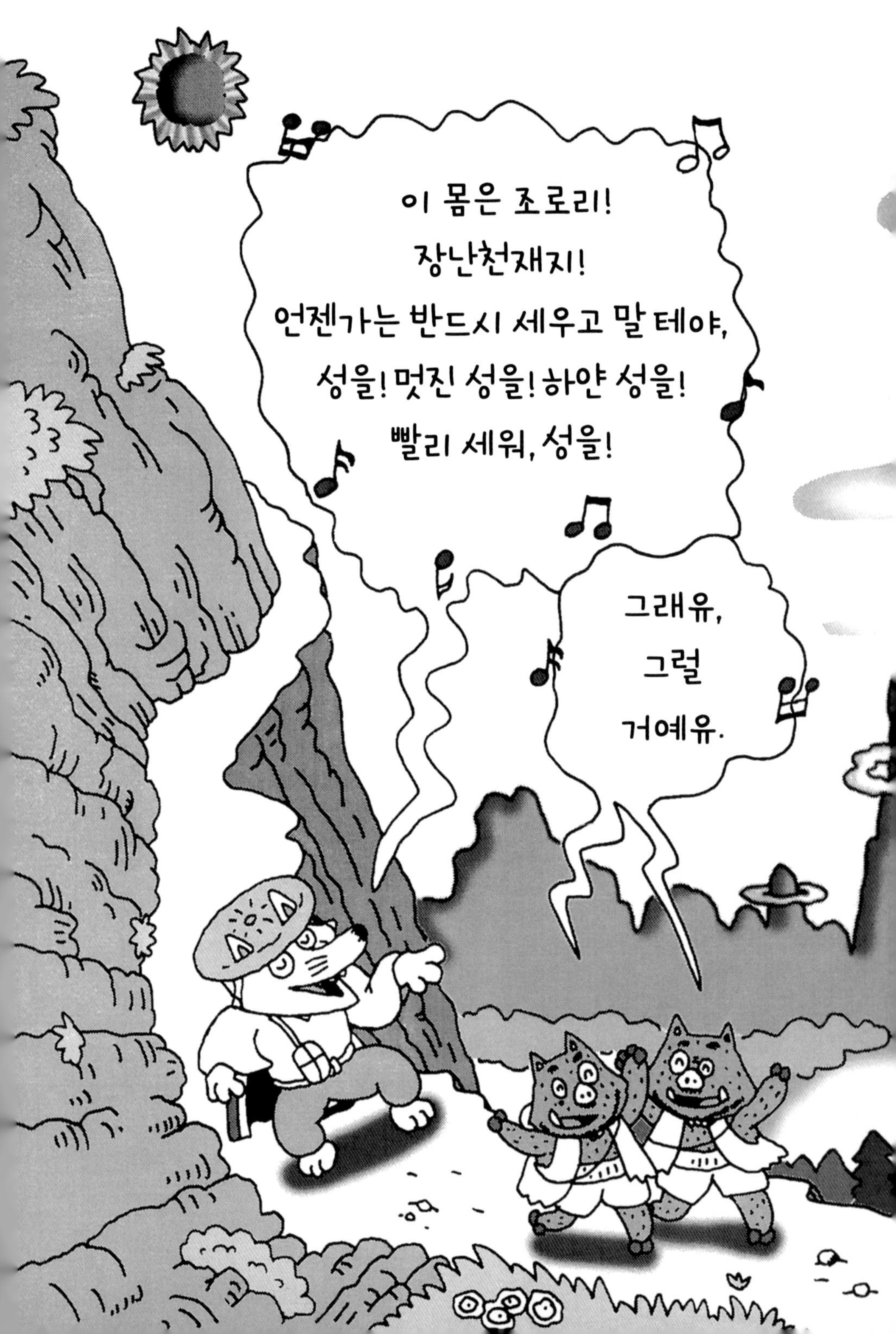
이 몸은 조로리!
장난천재지!
언젠가는 반드시 세우고 말 테야,
성을! 멋진 성을! 하얀 성을!
빨리 세워, 성을!
그래유,
그럴
거예유.

기분 좋게 노래를 부르며
조로리 일행이 걷고 있습니다.
날씨가 맑은 날은
몸도 마음도 활기차기 마련이죠.
발걸음도 가볍게 산을 빙그르 돌자
셋의 눈앞에

낡은 성 한 채가 나타났어요.

아름답기보다는 단단해 보이는

돌로 지어진 성이었어요.

"조로리 사부님, 저 성을

우리가 접수하는 게 어때유?

고치면 멋진 조로리 성으로 변신할 거예유."

"흐음, 언제까지 멋진 성만

고집할 순 없지.

빨리 성을 지어야
천국에 계신 엄마도 안심하실 테니까.
좋아, 결심했어! 저 성을 빼앗자!"
"역시 조로리 사부님, 결정도 빠르셔유!"
"조로리 왕자님이네유! 만세!"
이시시가 소리치자 풀숲에서……

"뭐, 뭐라고? 도대체 무슨 소리지?"

조로리가 묻자 임금님이 말했어요.

"숲속 불량배들에게 성을 빼앗기고

말았다네. 그래서 보다시피 숲에서

매일매일 노숙을 하고 있지.

아니, 그런 건 어찌 되어도 상관없네.

실은 우리 딸이 마법에 걸려

성 꼭대기 방에 잠들어 있다오."

"딸을 구해 당신의 키스로

마법을 풀어 주세요."

왕비님도 눈물을 닦으며 말했습니다.

"근데 공주를 구하면 성을 주실 건가유?"

노시시가 뻔뻔하게 묻자

"물론이라네. 딸이 돌아오기만 한다면야,

저런 낡은 성 따위 주고말고.

자네만 괜찮다면 딸과 결혼해서

왕위를 잇는 것도 상관없다네."

조로리가 그토록 바라던 꿈을

이룰 수 있는 조건입니다.

"좋아, 알겠다! 이 몸에게 맡기라고!"

조로리가 가슴을 탕탕 치며 곧바로

성으로 향하는데

임금님이 불러 세웠습니다.

"우리에겐 아무런 힘도 없지만

우리 왕국에 전해 오는

마법의 약이 있다네.

혹시 도움이 될지도 모르니 가져가게나."

임금님은 '커지는 약'과 '작아지는 약'이라고 적힌

병 두 개를 조로리에게 주었어요.

조로리 일행은 서둘러 가야 하니까
두 약에 어떤 효능이 있는지
궁금한 사람은 아래 설명서를
잘 읽어 보세요.

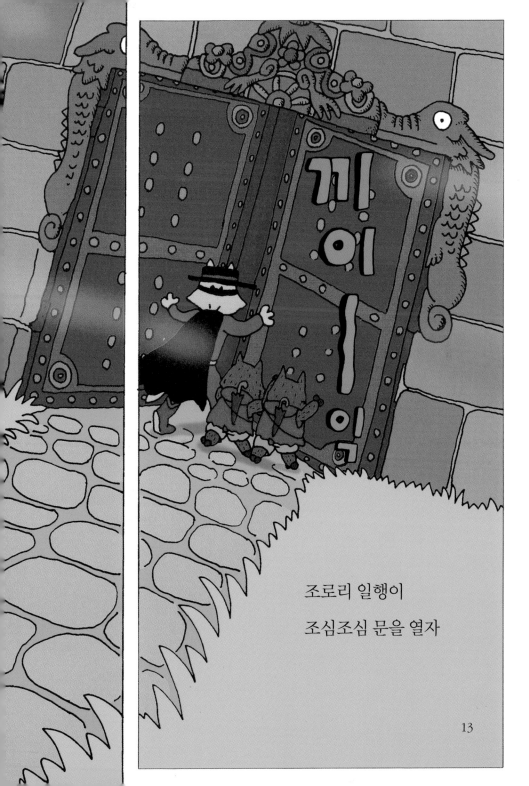

조로리 일행이

조심조심 문을 열자

캄캄한 방 안쪽에서 빛이 보였어요.

그곳은 부엌이었어요.

뒤룩뒤룩 살이 찐 마녀는 부엌에서

다이어트 책을 읽으면서

무언가를 마구 먹고 있었어요.

흥, 뭐야, 이거!
칼로리가 절반이라고 해서
안심하고 먹었는데,
나, 마녀 루카의 체중은 오히려
늘었잖아!
분명히 엉터리 식품이야.
고발하고 말겠어!
와그작와그작!

마녀가
게걸스럽게
먹는
모습을 본
이시시는

꼬르르르르르르윽!

배에서 꼬르륵 소리가

나고 말았습니다.

"누구냐!"

아무리 뚱뚱해도

마녀는 마녀지요.

마녀는 재빠른

몸놀림으로

조로리 일행을

막다른 곳으로

몰아넣었습니다.

"허락도 없이
남의 성에 숨어들다니
배짱 한번 좋군. 설마
이대로 살아 돌아갈 거라고
생각하는 건 아니겠지?"
마녀가 눈을 번뜩이며 무섭게 쏘아보자
조로리는 식은땀을 흘리며 말했어요.

아, 네. 이 성에 사는
마녀 루카 님이 너무
살찌는 바람에 안타깝게도
건강이 안 좋아졌다는
얘길 들었답니다.
'몸무게를 줄이는 약'이
도움이 될 것 같아
바로 가져온 겁니다.
헤헤헤.

조로리는
임금님에게 받은
'작아지는 약'을
두 알 꺼내서
마녀에게
주었어요.

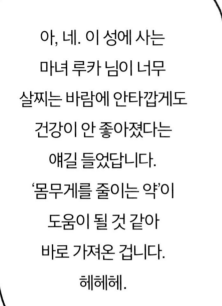

몸무게가 줄어든다는 소리에 마녀는

언제 화가 났냐는 듯 누그러졌어요.

"정말이냐? 정말로 내 몸무게가 줄어드는 거지?

거짓말이면 가만두지 않겠다. 알겠지?"

마녀 루카는 날카로운 손톱을 보이며

체중계에 올라

약을 꿀꺽 삼켰습니다.

어떻게 되었을까요?

마녀는 체중계 위에서

점점 작아졌어요.

"오호! 약이 정말 효과가 있군."

조로리는 신기해하며 쳐다보았어요.

그러나 기뻐하는 것도

잠시였을 뿐

생쥐만큼 작아진 마녀는

체중계 위에

덩그러니 서 있었습니다.

그때 마녀는 중요한

사실을 알아챘어요.

"뭐, 뭐야, 이게! 몸무게는 줄었지만

난 여전히 그대로잖아!"

마녀는 체중계에서 펄쩍 뛰어내려

조로리에게 달려가 날카로운

손톱으로 할퀴었어요.

하지만 조로리의 신발에

작은 흠집만 생길 뿐이었어요.

조로리는 아프지도 가렵지도 않았답니다.

그때 쓰레기 더미에서 바퀴벌레가

나타나 마녀를 쫓기 시작했어요.

"꺄악! 안 돼! 쉬, 쉬, 저리 가!

이리로 오지 말라고!"

마녀는 바퀴벌레와 함께 문틈 사이로

빠져나가더니 바깥으로 달려갔습니다.

"히히. 저렇게 뛰면서 돌아다니는 걸 보니

쌤통이다."

조로리가 웃으며 말했어요.

한편, 배가 고팠던

이시시와 노시시는 부엌에서

먹을 게 있는지 찾아보았어요.

하지만 마녀가 이미 다 먹고 버린

빈 상자뿐이었어요.

그래도 그 속에서 이시시는 바게트를,

노시시는 냉장고에서

떡을 찾아냈습니다.

둘은 기뻐하며 덥석 물었지만

모두 오래되어
이가 부러질
정도로 딱딱해
먹을 수 없었어요.
"이봐, 얼른 와!
위층으로 가자."

조로리가 말하자
욕심쟁이 형제는
바게트와 떡을
버리지 못하고
혀로 핥아 맛보며
2층으로
올라갔습니다.

25

2층
문을
열자,

강포동 전용 씨

인내

덩치 큰 씨름 선수가
씨름 영상을 보며
열심히 기술을
연구하고 있었어요.

"오, 누군지 모르겠지만 마침 잘 왔다.

이 강포동의 씨름 상대가 돼 줘야겠어."

씨름 선수는 갑자기 조로리의 팔을 잡고

방 한가운데 있는 씨름판으로 끌고 갔어요.

이봐, 거기 털돼지.
오늘은 네가
심판이다.

하하하,
이시시 보고
털돼지래.

이시시에게 심판 지휘봉을 주자
씨름 경기가 시작됐어요.

자,
시작!

조로리는
갑자기
뺨치기
공격을
당하고,

두 번째
뺨치기 공격을
당해 어질어질한
상태로

순식간에 씨름판
가장자리까지 몰리고
말았습니다.

뚱뚱한 강포동에게
밀려 눌리면 갈비뼈
한두 개쯤 부러질 각오를
해야합니다.

① 이대로라면 조로리는 공주님을 구하기도
  전에 병원에 누워있게 될 겁니다.
  그때였어요.

② 이시시가
  강포동의
  발뒤꿈치에서
  이상한 마개를
  발견했어요.

뭐야,
이게?

③ 이시시는
  궁금해서 그걸
  잡아당겨 보고
  싶어졌어요.

갑자기
강포동은
바람 빠진
풍선처럼
방 안 여기저기를
날아다니더니

몸이 점점 오그라들었어요.
"뭐야! 풍선 옷을 입고 있었던 거야?"
흐물흐물 늘어진 옷 속에서
앙상한 몸매의 강포동이
울상을 지으며 기어 나왔습니다.

"미안해. 난 덩치 큰 씨름 선수가 되는 게
꿈이었어.
하지만 아래층 먹보 마녀가 먹을 걸
독차지해서 살찔 수가 없었지.
그래서 이런 모습으로라도
강해 보이고 싶었다고.
용서해 줘."

"씨름 선수가 되고 싶으면
씨름 선수촌에 들어가 선수들이 먹는
음식을 먹어 보라고!"
조로리는 그렇게 충고하고
그 방을 나왔어요.

다음 층으로 가는 계단에서
이시시가 말했어요.
"조로리 사부님, 불량배라고는
하지만 별것 아니네유."
"아냐. 안심하는 건 아직 일러.
온라인 게임에서도 처음에는
보통 약한 녀석들이 나온다고.
방심하면 큰일을 당하게 돼.
긴장을 늦추지 마!"

바지 안에
소중하게
넣어 두자.

조로리는 둘에게
주의를 주고
방의 문을
조심스럽게 열었어요.

조로리가 말한 대로 태권도로 몸을 단련한,

무척 강해 보이는 할아버지가

방 안에 있었어요.

"위층에 볼일이 좀 있어서 그러는데요,

여길 지나갈 수 있을까요?"

조로리가 조심스레 물어보자

"날 쓰러뜨리고 가야 하느니라.

난 태권도 달인이다. 사람들은

'할배 파이터'라고 부르지.

너희를 쉽게 보내 주진 않겠다."

"엥. 태권도 달인이라니, 정말일까?"

이시시와 노시시가 마주보며 말했어요.

"뭐, 뭐라고? 내 실력을 의심하다니!

좋아, 당장 보여 줄 테니 놀라지 마라."

그러고는 할배 파이터는 권법을 보여 주기 시작했어요.

"헉, 헉, 어떠냐. 이걸로 내가 바로

태권도 달인이라는 걸, 쌕쌕,

알게 되었느뇨. 후우."

할아버지는 의욕이 넘쳐

힘든 기술을 모두 보여 주는 바람에

힘이 빠져 버렸어요.

조로리가 그걸 놓칠 리 없죠.

이시시가 가져온 딱딱한

바게트를 낚아채더니

쌕쌕

헉헉

'할배 파이터'의
머리를
있는 힘껏
내리쳤어요.
쾅!

할아버지는
어이없이
쓰러지고
말았습니다.
조로리 일행은
다음 층으로
올라갔어요.

4층 문을 열자마자

휘이익!

불덩이가 날아와 노시시의 배에 닿았어요.

노시시의 몸은 공중으로
붕 떠 복도 벽에
세게 부딪혔어요.
"우하하하하! 가엾게도
이 춘 님의 불덩이 공격을
받은 사람이
또 한 명 늘었군."
방 안에서
날카로운 목소리가
울려 퍼졌어요.
그런데

노시시!
죽으면 안 돼!

"앗, 뜨거어어어!"

노시시 배에서 바싹 구워진 떡이

맛있는 냄새를 풍기며 밖으로

튀어나왔어요.

불덩이는 노시시가 바지 속에

숨겨 두었던 딱딱한 떡에 맞았던 거예요.

덕분에 노시시는 목숨을 구했어요.

"흠, 운이 좋은 녀석이군!

　　제대로 맞았으면 살아남지 못했을 터.

하지만 다음은 그렇게 운이 좋지 않을 거다.”

중국 옷을 입은 츈이라는 남자가 방에서

나오면서 가슴 앞쪽으로 두 손을 모았습니다.

그러자 손바닥에서 작은 불덩이가

나타나더니 금세 커지는 게 아니겠어요?

이것은 몸속의
기를 모아
에너지 덩어리로
만들어 공격하는
기술입니다.

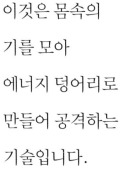

"가랏!"
춘은
불덩이를

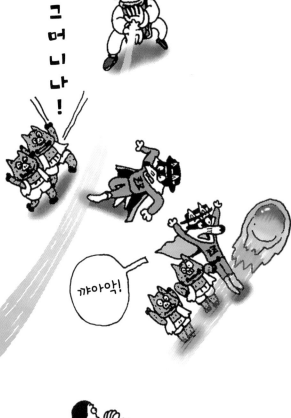

계속 만들어
조로리 일행에게
날려 보냈습니다.
셋은 불덩이를
아슬아슬하게 피하며

와하하!
이제 도망
못 가겠지?

이리저리 도망쳤지만
결국 구석으로
몰리고 말았어요.

도망갈 곳이 없어진 조로리 일행은

서랍장 위로 올라가 서로 부둥켜안고

부들부들 떨고 있었어요.

"우후. 딱 좋군. 한 사람,

한 사람 따로 공격하는 건 귀찮아.

커다란 불덩이로 한 번에 재로 만들어 주마."

춘은 젖 먹던 힘까지 짜내어

기를 모았어요.

그러자 첫 불덩이보다 열 배는 될 것 같은

커다란 불덩이가 만들어졌어요.

"우하하하, 이걸 받아라!"

쿠아아아아아아!

불덩이는 큰 소리를 내며

조로리 일행을 향해 곧장 날아왔어요.

이제 셋은 떡처럼 바싹 구워져

재로 변하게 되는 걸까요?

아아, 오랫동안 사이좋게 함께한
여행도 마침내 마지막을
맞이하게 된 건가요?

아닙니다! 저길 보세요!
셋은 너무나도 무서워 동시에
실수를 하고 말았네요.
덕분에 불덩이는 쉬익 하고 흔적도 없이
꺼지고 말았습니다.
"어라, 내 불덩이가 오줌 때문에 사라지다니!
그, 그런 말도 안 되는 일이!"
츈은 머리를 감쌌어요.

춘은 다시
기를 모으기
위해 손을
모으고
불덩이를
만들려고
했어요.

하지만 방금
너무 많은
에너지를
써 버린 탓에
좀처럼 커다란
불덩이를
만들지 못했어요.

그걸 알아챈 쾌걸 조로리는
서랍장에서 뛰어내려,
아까 바싹 구워진 떡을
춘을 향해 뻥 찼어요.

부우웅!

떡은 곧장 츈의 손바닥으로 날아갔어요.

불덩이에 잘 구워진 떡은

갓 찐 것처럼 말랑말랑해서

츈의 손바닥에 찰싹 달라붙어

떨어지지 않았어요.

"앗, 뜨거워, 앗 뜨! 이래서는

불덩이를 만들 수 없잖아! 떼어 줘!"

춘이 펄쩍펄쩍 뛰며
울먹이는 목소리로
소리치는 사이

조로리 일행은
재빨리 다음 층으로
올라갔습니다.

다음 층 문을 열고
한숨 돌리려는
순간이었어요.

어둠 속에서
커다란 그림자가
땅이 꺼질 듯한
목소리로
말했습니다.

"성 꼭대기에 온 걸 환영한다.

내가 이 성의 마왕이다.

여기까지 올라오는 너희 모습은

감시 카메라로 잘 봤다.

용케 여기까지 왔으니

칭찬해 주지.

하지만 여기가 너희 인생의

마지막 될 거다.

슬픈 결말이라서 참 안됐군."

그림자는 커다란 손으로

조로리의 목덜미를 잡고 들어 올려

이 콩알처럼 보이는
것이 조로리입니다.

아악!

창밖으로 내던졌어요.

슈우웅!

조로리는 푸른 하늘 저편으로

사라지고 말았어요.

"조로리 사부님~, 어디 가세유!"

이시시와 노시시가 창문으로
달려갔을 때는 그림자도
보이지 않았어요.
"우앙, 조로리 사부님의 원수를
갚아 주겠다!"
이시시와 노시시는 모습을 드러낸
덩치 큰 마왕에게 달려들었지만
이길 리가 없지요.
마왕은 이시시와 노시시도
조로리처럼 들어 올렸어요.

"조로리 사부님을 대체 어디로 보낸겨?"
이시시가 소리쳤어요.
"크하하하. 지금쯤 높은 산꼭대기에
망토가 걸려 얼어붙었을걸.
자, 너희도 두 번 다시 만나지 못하게
따로따로 날려 보내 줄까?"

"자, 잠깐만 기다려 줘.
우리는 사이좋은 삼인조인디.
제발 조로리 사부님이 있는
곳으로 날려 보내 줘!"

"헤헤헤. 세상일이 네가 원하는 대로 되는
줄 아느냐!"
마왕이 그렇게 말했을 때였어요.
"옳은 말씀!"

이게 어찌 된 일일까요?

조로리가 창문으로 날아 들어와

마왕의 목덜미에 강한 발차기를 날린 거예요.

퍼억!

"으악! 무, 무슨 짓이냐!

거긴 종기가 난 곳이란 말이다!"

마왕은 이시시와 노시시를

내던지고

무척 아픈 듯 목덜미를 감싸며 날뛰었어요.

"조로리 사부님,

어떻게 돌아온 거예유?"

이시시가 묻자 조로리는

자랑스레 말했어요.

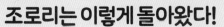

조로리는 이렇게 돌아왔다!

이 몸에게 좋은 생각이 떠올랐지.
엄청난 힘으로 험난한 산까지
날아갔을 때는 이제 끝이라고
생각했지만,

몸을 'ㄴ'자로 구부려
부메랑으로 만들면

분명히 되돌아올
거라고 말이야.

나 정말 머리 좋지?
누군가 너희를
멀리 날려 보냈을 때
이 방법을 써 보면
좋을 거야.

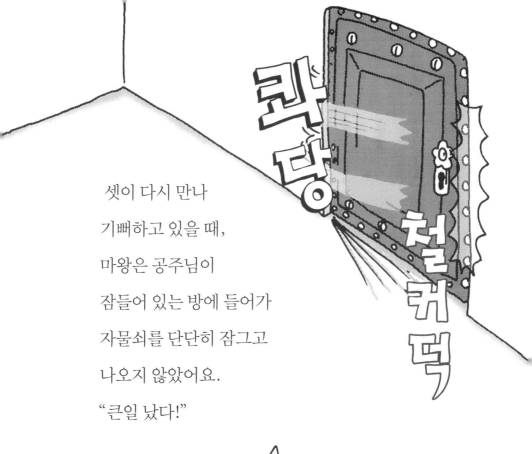

셋이 다시 만나
기뻐하고 있을 때,
마왕은 공주님이
잠들어 있는 방에 들어가
자물쇠를 단단히 잠그고
나오지 않았어요.
"큰일 났다!"

조로리
사부님!

이시시와 노시시는 문을 열기 위해 허둥지둥
손잡이를 돌려 보고 몸을 부딪혀 보았지만
문은 꿈쩍도 하지 않았어요.
당연하죠. 이 성에서 가장 튼튼한
철문이었거든요.
"어, 어쩌쥬? 조로리 사부님."
조로리는 침착하게 말했어요.

"열쇠 구멍만 있으면 들어갈 수 있지."

그러고는 '작아지는 약'을 두 알 먹었어요.

"맞다, 그게 있었지! 역시 머리가 좋으시다니께!

작아지면 어디든지 들어갈 수 있지유."

콩알만큼 작아진 조로리는 열쇠 구멍을 통해

방 안으로 스르륵 들어갔어요.

조로리 님이
오셨다!
마왕,
각오해라!

열쇠 구멍에서 휙
뛰어내린 조로리는
멋지게 착지했습니다.
종기에 약을
바르고 있던
마왕은 조로리
목소리를 듣고
깜짝 놀랐어요.

타악

하지만 조로리의 모습을 발견한 순간

피식 하고 웃더니 옆에 있던

파리채를 들었습니다.

맞아요.
그 약은 한 시간이
지나야 원래대로
돌아온다는 걸
조로리는
깜박 잊었던 거예요.

탁! 탁!
"으악! 파리채에
맞아 죽겠네!
나 좀 구해 줘!"
옆방에서 조로리의
비명 소리가
들려왔어요.

하지만 이시시와 노시시는 꽉 닫힌

문 앞에서 어떻게 할 방법이 없었어요.

이대로라면 조로리가 파리채에

눌리는 것도 시간 문제예요.

그때 이시시에게 좋은 생각이 떠올랐어요.

"그래! 이 '커지는 약'으로 마왕보다

더 커져서 녀석을 밟아 버리는 거여!"

"이시시, 좋은 생각이야!

그거 나한테 줘 봐!"

"아녀! 내가 생각해 낸 거니까
내가 조로리 사부님을 구할겨!"
"내가 구하러 갈겨!"
조로리는 방 안에서 이리저리
도망치며 둘의 말싸움을 듣고는
소리쳤어요.

누구라도
좋으니깐
얼른
구하러
오라고!

이지지와 노지지는 순식간에
커져서 마왕을 가루로
만들어 버렸습니다.
물론 잠든 공주님의 침대와
작아진 조로리도
구했지요.

참든
공주님의
침대를
찾았구만!

아바바

한 시간 뒤

원래 모습으로 돌아온 조로리 일행은

무너진 성을 멍하니 바라보았습니다.

아무리 안타까워해도 무너진 성은

원래대로 되돌릴 수 없겠죠.

조로리 일행은 임금님께

공주님을 데려다 주겠다는 약속이

생각났어요.

조로리 일행은 잠든 공주님의
침대를 들고, 무너진 성을 뒤로 한 채
터벅터벅 길을 나섰어요.

공주님을 무사히 데려다 주자

임금님은 무척 기뻐했어요.

"역시 당신은 전설의 왕자였군요.

성을 당신에게 주겠소."

"쳇, 성은 무너져 버렸다고."

"하지만 약속했으니까."

"저런 다 쓰러진 성으로 뭘 하라는 거야?"

"그게 저 성은……."

"에이, 더 이상 얘기하지 마쇼.

쓸모없는 건 필요 없다고!"

화를 내며 떠나려는 조로리를

왕비님이 불러 세워 말했어요.

"잠깐만요.

딸에게 키스해서 마법을 풀어 주세요."

"앗! 맞다, 맞아. 공주님에게

뽀뽀하는 걸 잊고 있었네."

조로리는 갑자기 히죽 웃으며

침대의 커튼을 열어 젖혔어요.

그러자 침대 위에는 두꺼비가

편안하게 잠들어 있는 게 아니겠어요?

"에고고, 불쌍한 내 딸.

이런 모습으로 변해 버렸구나.

조로리 씨, 어서 당신의 뽀뽀로 우리 딸이 본래

모습으로 돌아오게 해 주세요."

왕비님이 눈물을 뚝뚝 흘리며 부탁했어요.

어머니의 눈물에는 약한 조로리입니다.

"정말로 공주님 모습으로

돌아오는 거겠지? 부탁이야!"

조로리는 눈을 질끈 감고,

미끌미끌 울퉁불퉁한 두꺼비의 얼굴에,

마지못해 뽀뽀를 했어요.

아무리 기다려도 두꺼비는

두꺼비 모습 그대로였어요.

조로리는 인내심이 한계에 다다라 소리쳤어요.

"뭐야! 이거 약속이 다르잖아!

나보고 두꺼비의 남편이 되라고?

약속을 지켰으니까 이제 난 돌아가겠어!"

"앗, 멋진 말이에유!"

이시시가 감동하는 사이

조로리는 바람처럼 사라졌어요.

조로리 사부님, 기다려유!

조로리 일행이
사라진 후 임금님은
침대 위에
붙어 있는 편지를
발견했어요.

공주님은
뽀뽀를
받고
30분 후에
원래
모습으로
돌아와 눈을
뜨게 됩니다.
잠시 기다려
주세요.

다 읽고 나자
침대 위에서
연기가 나기 시작하고

마침내 공주님이 눈을 떴습니다.

"안녕히 주무셨어요? 아바마마, 어마마마."

"아아, 조로리 왕자가 조금만

더 기다렸다면 좋았을걸!"

"조로리 왕자님이라고요?"

"너를 구해 주고 바람처럼 사라져 버린

전설의 왕자란다."

"네에? 한번 만나고 싶은데……."

공주님이 고개를 들자

무너진 성이 보였어요.

"걱정하지 마라. 저 성은 보험에 들어 놓아서

다시 세울 수 있단다. 그것도 조로리 왕자에게

말하려고 했는데 딱 잘라 거절당했단다.

정말 욕심도 없는 분이지."

임금님은 영웅 조로리의 이야기를

길이길이 전해야겠다고

마음먹었어요.

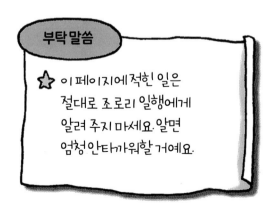

부탁 말씀

☆ 이 페이지에 적힌 일은
절대로 조로리 일행에게
알려 주지 마세요. 알면
엄청 안타까워할 거예요.

글쓴이 소개

하라 유타카 (原ゆたか)

1953년 구마모토 현에서 태어났다.

1974년 KFS콘테스트 고단샤 아동도서부문문상 수상.

주요 작품으로는 《자그마한 숲》, 《마탄은 마사오군》, 《장갑 로켓의 우주 탐험》, 《나의 보물 나막신》, 《푸우의 심부름》, 《내 것도 아빠 것처럼 되는 걸까?》, 《시금치맨》 시리즈 등이 있다.

옮긴이 소개

김수정 (金洙政)

한림대학교에서 물리학을 공부하고 일본 고베대학교 대학원에서 종합인간과학연구과 연구생 과정을 마쳤다.

어린이들이 재미있게 읽을 수 있는 책을 꾸준히 기획, 번역하고 있다.

옮긴 책으로는 《고양이가 된 하루코》 등이 있다.

글·그림 하라 유타카
옮김 오용택

개정판 1쇄 인쇄 2024년 12월 1일
개정판 1쇄 발행 2024년 12월 11일

펴낸이 김영곤 **펴낸곳** (주)북이십일 을파소
기획편집 이장건 김의헌 박예진 박고은 서문혜진 김혜지 이지현
아동마케팅 장철용 양슬기 명인수 손용우 최윤아 송혜수 이주은
영업 변유경 김영남 강경남 황성진 김도연 권채영 전연우 최유성
해외기획 최연순 소은선 홍희정
디자인 윤수경 **제작** 이영민 권경민

출판등록 2000년 5월 6일 제406-2003-061호
주소 (우 10881) 경기도 파주시 회동길 201(문발동)
연락처 031-955-2100(대표) 031-955-2109(기획편집)
팩스 031-955-2122 **홈페이지** www.book21.com

ISBN 979-11-7117-740-0 74830
ISBN 979-11-7117-605-2 (세트)

다양한 SNS 채널에서 아울북과 을파소의 더 많은 이야기를 만나세요.

인스타그램 페이스북 네이버카페 네이버포스트
@owlbook21 @owlbook21 owlbook21 아울북 ond 을파소

• 제조자명 : (주)북이십일
• 주소 및 전화번호 : 경기도 파주시 회동길 201(문발동) / 031-955-2100
• 제조연월 : 2024.12.
• 제조국명 : 대한민국
• 사용연령 : 8세 이상 어린이 제품

かいけつゾロリ大けっとう！ゾロリじょう
Kaiketsu ZORORI Daiketto! ZORORI Jo
Text & Illustraions©1996 Yutaka Hara
All rights reserved.
Original Japanese edition published in Japan in 1996 by Poplar Publishing Co., Ltd.
Korean translation rights arranged with Poplar Publishing Co., Ltd.
Korean translation copyright©2024 by Book21 Publishing Group.

하라 선생님의 축하 인사말

韓国のみなさん、原作者の原ゆたかです。
ぼくは次々とページをめくりたくなるような
楽しい子どもの本を作りたくて
「かいけつゾロリ」を書きはじめました。
日本では、本を読むのがにがてだった子どもたちも
読んでくれるようになりました。
ぜひ、韓国のみなさんにも楽しんでもらえると
うれしいです。よろしくね。

한국 어린이 여러분, 안녕하세요.

《장난천재 쾌걸 조로리 시리즈》작가 하라 유타카입니다.

저는 어린이들이 계속 보고 싶어 하는 재미있는 책을 만들고 싶어서

《장난천재 쾌걸 조로리》를 쓰기 시작했습니다.

일본에서는 책읽기를 싫어하던 어린이들도 이 책을 읽은 후부터

다른 책도 읽게 되었다고 합니다.

한국 어린이들도 꼭 재미있게 읽어 주면 좋겠습니다.

잘 부탁해요.

불량배 공략법

마녀
루카

☆ 지금은 보시는대로 다이어트
식품을 너무 먹어서 뚱뚱하지만
옛날엔 건강한 얼짱마녀였다.
(라고 자기가 말함.)
공주님을 두꺼비로 만든 건
이 마녀인 것 같다.

약점(약한 점)

'다이어트' 또는 '살빼기'
같은 단어에 약해서
속이기 쉽다.

씨름 선수

강포동

★ 외모만 보면 덩치도
크고 강한 씨름 선수로
보이지만 사실 몸은
부풀려 커다랗게 만든
옷을 입고 있다.

여기로
공기를
넣는다.

약점

뒤꿈치의 공기 구멍으로
공기를 빼버리면 된다.

★ 진짜 씨름 선수 중에도
풍선 씨름 선수가
있을지도 모른다.
씨름 경기를 볼 때
뒤꿈치를 확인해 보자.

태권도 달인

할배 파이터

☆ 모든 권법 기술을
익힌 달인이지만,
부인은 더 강했다고 한다.
하지만 부인은 2년 전에
하늘나라로
떠나고 말았다.

할배
파이터
보다
훨씬
강했던
할매
파이터

약점

아무리 달인이라고 해도
올해 92세.
세월에 장사 없다.
힘든 기술을 계속 쓰면
숨을 헐떡거리고 쉽게 지친다.
그 외에 요통, 신경통,
당뇨병 등을 앓고 있다.